Les gendarmes de la GRC

Annalise Bekkering

Weigl

Publié par Weigl Educational Publishers Limited
6312 10th Street SE
Calgary, Alberta T2H 2Z9
Site web : www.weigl.ca

Catalogage avant publication de Bibliothèque et Archives Canada

Bekkering, Annalise
    Les gendarmes / Annalise Bekkering ; traduit par Julie McCann.

(Emblèmes canadiens)
Comprend un index.
Traduction de: Mounties.
ISBN 978-1-77071-410-6

    1. Gendarmerie royale du Canada--Ouvrages pour la jeunesse.
I. Titre. II. Collection: Emblèmes canadiens

HV8158.7.R69B4514 2011   j363.20971   C2011-904575-3
Imprimé aux États-Unis à North Mankato, Minnesota
1 2 3 4 5 6 7 8 9 0 15 14 13 12 11

072011
WEP040711

Rédactrice : Heather Kissock
Conception : Terry Paulhus
Traduction : Julie McMann

Générique photographique : les Images Getty, Alamy, Corbis et Newscom.

Tous les efforts raisonnablement possibles ont été mis en œuvre pour déterminer la propriété des matériaux protégés par les droits d'auteur et obtenir l'autorisation de les reproduire. N'hésitez pas à faire part à la maison d'édition de toute erreur ou omission pour nous permettre de les corriger dans les futures éditions.

Nous reconnaissons que, dans notre travail d'édition, nous recevons le soutien financier du gouvernement du Canada par l'entremise du Fonds du livre du Canada.

Table des matières

Qu'est-ce qu'un gendarme de la GRC ?

Un gendarme de la GRC est un membre de la Gendarmerie royale du Canada. La GRC est la police nationale du Canada. Les gendarmes de la GRC sont connus mondialement comme **un symbole** du Canada.

Qui étaient les premiers gendarmes de la GRC ?

La GRC a commencé comme la Police à cheval du Nord-Ouest en 1873. En 1920, la Police à cheval du Nord-Ouest s'est jointe à l'autre police du Canada, la police de la Confédération. Ensemble, elles étaient connues comme la Gendarmerie royale du Canada.

C'est quoi le travail d'un gendarme de la GRC ?

La GRC protège le Canada et son peuple. Il y en a plus que 750 **détachements** partout au pays. La GRC patrouille dans les villes, sur les routes et sur les cours d'eau (les fleuves, les lacs, les océans). Elle travaille aussi dans environ 600 communautés **autochtones**.

Que portent les gendarmes de la GRC ?

Les gendarmes sont connus pour l'uniforme rouge qu'ils portent à des événements spéciaux. Cet uniforme s'appelle la serge rouge. La GRC a aussi des uniformes pour tous les jours. Ces uniformes consistent en une chemise grise, une cravate bleu foncé, des bottines, un képi et des pantalons bleus rayés d'or sur chaque côté.

La serge rouge

LE STETSON : Un Stetson est un chapeau en feutre avec un bord large et plat. Le haut du chapeau est cabossé.

LA TUNIQUE : La veste rouge est décolletée avec des boutons en cuivre.

LA CEINTURE : La ceinture d'un gendarme de la GRC a un étui de revolver et des étuis pour les menottes et les balles.

LES CULOTTES DE CHEVAL : Les gendarmes de la GRC portent des pantalons appelés des culottes de cheval. Les culottes de cheval sont rayées de jaune sur chaque jambe. Elles sont amples aux hanches.

LES BOTTES : Les gendarmes de la GRC portent des bottes de cheval en cuir brunes. Les bottes ont des éperons.

Est-ce que la GRC se trouve seulement au Canada ?

La plupart des gendarmes de la GRC travaillent au Canada. Des fois, ils travaillent dans d'autres pays. Ils ont aidé à former la police dans les pays comme le Brésil, la Russie et le Viêtnam. Les gendarmes de la GRC se sont aussi battus en outre mer pour le Canada, pendant la Première Guerre mondiale et la Seconde Guerre mondiale. Aujourd'hui, ils aident dans **les forces de maintien de la paix** autour du monde.

13

Les modes de transport de la GRC

Les gendarmes de la GRC conduisent des autos qui ont des phares colorés, des sirènes et des ordinateurs. Ils voyagent aussi par vélo, par moto, par bateau et par avion. Ils utilisent des camionnettes et des camions pour transporter l'équipement et les chien policiers. Quelques gendarmes de la GRC montent à cheval pour les événements spéciaux comme les défilés. Dans le Nord du Canada, les gendarmes de la GRC voyagent en motoneiges. Des fois, ils utilisent des traîneaux à chiens pour les événements spéciaux.

Qu'est-ce que c'est, le Carrousel ?

Le Carrousel est un groupe de 32 gendarmes de la GRC et leurs chevaux qui font un spectacle équestre avec de la musique. Pendant le spectacle, ils font souvent un numéro appelé la charge. Les cavaliers baissent leurs lances et les chevaux galopent à travers le champs. Le spectacle du Carrousel a lieu autour de monde. Il y a jusqu'à 50 spectacles chaque année.

Qui peut être gendarme de la GRC ?

Seulement **les citoyens** canadiens peuvent être des gendarmes de la GRC. Les Canadiens qui veulent joindre la GRC doivent avoir au moins 18 ans. Ils doivent avoir un permis de conduire, parler l'anglais ou le français et avoir un diplôme de fin d'études secondaires.

Où est-ce que la GRC s'entraîne ?

Les gendarmes de la GRC reçoivent leur formation à l'Académie royale de la GRC à Regina, en Saskatchewan. La formation de base dure 24 semaines. **Le corps d'élèves policiers** suit les cours de droit et de métier de policier. Ils apprennent aussi comment conduire une voiture de police. Après **la cérémonie de remise des diplômes**, les nouveaux gendarmes de la GRC passent six mois de formation et d'apprentissage avec des gendarmes qui ont plus d'expérience.

Faire une poupée de gendarme

Le matériel :

une balle en
polystyrène

une tasse
en papier

du papier brun

de la colle

des yeux en
plastique qui se
tortillent

des paillettes
dorées

un stylo feutre
rose (ou rouge)

de la mousse
artisanale rouge,
noire, brune et rose

du ruban
adhésif

de la peinture rose,
rouge et noire

Les directives :

1. Peignez la balle en rose, le bas de la tasse en rouge et le haut en noir. Laissez sécher et puis collez la balle en bas de la tasse.

2. Coupez deux bras de la mousse rouge et deux mains de la mousse rose. Collez une main au bout de chaque bras et les autres bouts des bras au corps. Coupez deux petits rectangles de la mousse noire et collez un rectangle à chaque épaule.

3. Coupez un morceau de papier brun et collez-le autour du milieu de la tasse comme une ceinture. Coupez un morceau plus mince et collez-le autour du corps, le mettant autour d'une épaule.

4. Utilisez le papier brun pour faire un chapeau. Coupez un cercle pour le bord. Ensuite, coupez un plus petit cercle du grand cercle pour que ce soit sur la balle. Coupez un morceau de mousse artisanale brune et attachez-le avec du ruban adhésif, autour du cercle intérieur du bord. Attachez les bouts avec de la colle. Coupez un cercle de mousse artisanale brune. Attachez-le à l'intérieur du chapeau avec le ruban adhésif. Utilisez de la colle pour attacher le chapeau à la tête de la poupée du gendarme.

5. Collez des paillettes dorées sur la veste pour faire des boutons.

6. Ajoutez deux yeux à la tête du gendarme et dessinez un nez et une bouche.

Pour plus d'informations

Pour en savoir plus sur la Gendarmerie royale du Canada, visite ces sites web.

La Gendarmerie royale du Canada
www.rcmp-grc.ca

Le musée du fort de la Police à cheval du Nord-Ouest
www.nwmpmuseum.com

L'histoire de la GRC
http://www.rcmp-grc.gc.ca/
hist/index-fra.htm

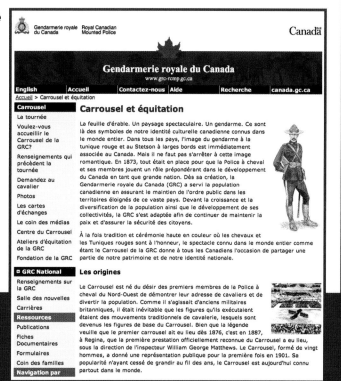

Carrousel et équitation
http://www.rcmp-grc.gc.ca/
mr-ce/index-fra.htm

Glossaire

autochtones : qui a rapport aux habitants originaux d'un pays

cérémonie de remise des diplômes : une cérémonie qui marque la fin d'un programme d'études

citoyens : les résidents d'un pays qui ont le droit de voter et d'autres droits civiques

corps d'élèves policiers : les élèves qui s'entraînent à devenir soldats ou policiers

détachements : les succursales de la police ou de la gendarmerie

forces de maintien de la paix : l'acte de maintenir la paix dans un pays étranger

symbole : un objet ou une personne qui représente quelque chose d'autre

Index